ALFAGUARA

ALFAGUARA INFANTIL

ALFAGUARA

LAS COSAS QUE ODIO

D.R. © del texto: Ana María Shua, 1998
D.R. © de las ilustraciones: Jorge Sanzol, 1998
D.R. © Aguilar, Altea, Taurus, Alfaguara, S.A., 1988

D.R. © de esta edición:
Santillana Ediciones Generales, S.A. de C.V., 2006
Av. Río Mixcoac 274, Col. Acacias
03240, México, D.F.

Alfaguara es un sello editorial del **Grupo Santillana**.
Éstas son sus sedes:

Argentina, Bolivia, Chile, Colombia, Costa Rica, Ecuador, El Salvador,
España, Estados Unidos, Guatemala, México, Panamá, Paraguay, Perú,
Puerto Rico, República Dominicana, Uruguay y Venezuela.

Primera edición: mayo de 2006
Quinta reimpresión: agosto de 2011

ISBN: 978-970-770-132-8

Impreso en México

Las cosas que odio
y otras exageraciones

Ana María Shua
con la colaboración de Paloma Fabrykant

Ilustraciones de Jorge Sanzol

ALFAGUARA

Odio que me acaricien la cabeza
y que me escriban mal el apellido.
Odio toda la fruta excepto las cerezas.
Odio a los árboles porque tienen arañas
y a las películas dobladas en España.
Odio que nos visite gente extraña
porque me obligan a poner la mesa.
Y también odio que nos visiten conocidos
porque saben cómo se escribe mi apellido,
pero siempre me acarician la cabeza.

MASCOTAS

Odio que no me dejen
tener mascotas.
No pretendo jirafas
no pido focas,
sólo quiero un amigo
con quien jugar,
peludo y calentito
para abrazar,
y no esos tontos peces
para mirar.

Y como en casa no entran
perros ni gatos
porque mamá me dice
que dan trabajo
me fui solo a la feria,
(la de animales)
y compré tres mascotas

esta mañana
que tengo aquí escondidas
bajo la cama.

Son grandes y peludos y lustrosos,
hacen piruetas y son cariñosos,
son buenos, obedientes y educados
mis tres microbios domesticados.

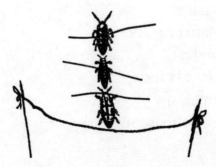

Yo quisiera, doctor,
pero no puedo
mostrarle mi garganta.
Hay cavernas rosadas,
hay un mar de saliva en que navegan
siete barcos piratas.
Si yo bajo la lengua, doctor,
los valientes marinos naufragan.
Usted, que es tan amable,
no va a querer hacerse responsable
de que yo me los trague.

Tampoco es posible por ahora
que me apriete muy fuerte la barriga.
Yo sé que a usted le gusta,
para eso estudió medicina,
para apretar la panza de los niños
mientras les sonríe con cariño.

Sucede que tengo un ser extraterrestre
paseando por mis pobres intestinos.
Si lo aprieta en el lugar equivocado
se transforma en un bicho con colmillos,
me roe por dentro, se escapa de mí
y se le mete a usted por la nariz.

Con el mismo termómetro, doctor,
debería tener más cuidado.
Si me pone el huevito de mercurio
a empollar bajo del brazo
van a nacer termometritos nuevos.
Son hambrientos, rebeldes y pequeños
¿ya pensó con qué va a alimentarlos?

Doctor, usted corre peligro:
yo quisiera ayudarlo
pero si usted insiste en revisarme
no voy a poder salvarlo.

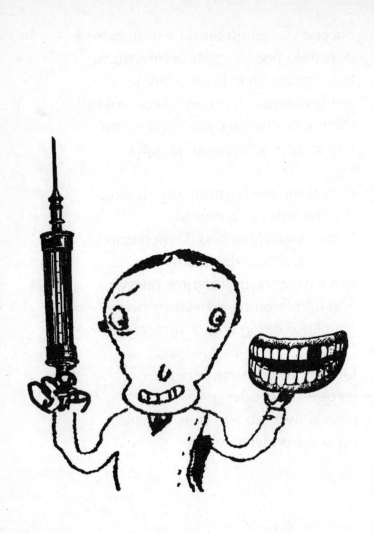

Yo tengo una amiga con más dientes
de los que usa la mayoría de la gente.

Tenemos muchas cosas en común:
nos gusta la ensalada con atún,
los domingos canjeamos revistas,
y a las dos nos encantan los dentistas.

Mi amiga es tan prolija y obediente
que jamás comería un caramelo
por cuidar de sus muelas y sus dientes.
En su vida probó una golosina
porque sabe que el azúcar es dañina.
Y siempre se limpia con hilo dental
para que nada le vaya a hacer mal.

Pero a veces su mamá la reta un poco:
"Diana Laura, perdóname que insista:

aunque luego te cepilles bien a fondo,
no está bien que te comas al dentista.
¿Por qué no te portas como tu amiga,
que es ejemplo de buena educación?
Aunque vea un odontólogo sabroso
se conforma con darle un mordiscón".

ODIO ESPECIAL, SÓLO
DE LUNES A VIERNES

Peor que una pesadilla,
más molesto que mi hermana,
más feo que usar horquillas,
o comer comida sana.
Más ácido que pastilla
de aspirina atragantada,
y más triste que una ardilla
con la patita quebrada,
más molesto que una astilla
que se te queda clavada,
es esa tonta manía
que no sirve para nada.
Es lo que hago cada día
menos el fin de semana,
con lo linda que es la cama:
¡levantarme temprano a la mañana!

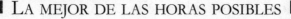

A la hora precisa
en que grandes panteras
lustrosas y temibles
acechan a sus presas,
ojos verdes, pieles negras.

En el minuto exacto
en que el rumor del día
se apaga dando paso
al misterio y la sombra,
al beso y el zarpazo.

En el preciso instante
en que el ojo del mundo
parpadea y se abre:
la hora en que el león
despierta en la sabana,
cuando el mar y la luna
se acercan y se aman,

la hora en que mi estrella
amanece y me llama,
la hora en que las brujas
vuelan por las ventanas…

¡Justamente a esa hora
me mandan a la cama!

Odio bañarme
cuando el agua está caliente.
Castañetean los dientes
y me arden las rodillas lastimadas.
Entro muy despacito,
acalorada,
y no me gusta nada.

Odio bañarme
cuando el agua está muy fría.
Me da piel de gallina.
Se me ponen las rodillas coloradas.
Tengo que entrar de golpe,
congelada,
y no me gusta nada.

Odio estar en el agua tanto rato:
no soy nutria, ni hipopótamo, ni pato.

Soy una niña de piel delicada
que pronto me va a dañar tanta lavada,
al quitarle sus aceites naturales.
¡Los baños no son sanos ni normales!

Odio bañarme porque el agua es aburrida
mala, tonta, molesta, enjabonada:
aunque no esté caliente ni esté fría,
¡igual está mojada!

Todos los vampiros
almuerzan conmigo.
Las víboras llegan
a la hora del té.
Yo de las arañas
soy íntimo amigo
y un fantasma chico
me trae el café.
Si hasta el hombre lobo
viene al lado mío
cuando el pobrecito
necesita mimos.
Por eso les digo,
seguro y tranquilo:
para tener miedo
no tengo motivos.

Sólo porque duermo
tapado hasta arriba,
sólo porque dejo
la luz encendida
me enoja que quieran
negar la verdad:
miedo tendrán los cobardes.
¡Yo odio la oscuridad!

Odio la leche con nata.
Odio la sopa fría.
Pero más que nada odio
ir a la peluquería.

Huiré con mi pelo escondido
en un casco de cuero y metal.
Es parte de mi cuerpo, es todo mío,
y no pienso dejármelo cortar.

Y si al fin un malvado peluquero
con mi pelo adorado se ensaña,
con magia haré que vuelen sus tijeras
y le corten bien cortas las pestañas.

Quiero que me haga sombra en el verano,
quiero usarlo de abrigo en el invierno,
quiero que crezca tranquilo hasta el suelo:

durante todo el año
quiero ser un extraño
en su casita de pelo.

Mami, tienes que saber
que tomé una decisión:
si me rapan otra vez
¡nunca más te dejo que me cortes
las uñas de los pies!

PERO LOS PAYASOS, ¡NO!

Me gusta mirar las nubes
y tratar de ver qué son,
me gusta el mar y la arena
y jugar al dominó.
Me gustan mucho los circos
(pero los payasos, no).

Quiero a todos mis amigos
por mis padres siento amor,
hasta quiero a mi maestra
y a veces al director.
Quiero ir a los cumpleaños
(pero con payasos, no).

Me encanta cuando hacen postres
la crema del batidor.
Me encanta la luna llena
con su cara de doctor.

Me encanta que me disfracen
(pero de payaso, no).

Tengo miedo cuando cruzo
por las barreras del tren.
Les tengo miedo a las cosas
que existen y no se ven,
a las arañas, los bichos,
(y a los payasos, también).

¡SI ES POR ELLOS QUE TE PIDO!

No te lo pido por mí,
sino por ellos:
son tan chicos, son tan tiernos,
son callados, son tranquilos,
son alegres, son amigos.
Te lo pido por Pamela,
por Silvio, Gloria y Miguel,
por Alicia, por Gabriela,
por Romina y Ezequiel,
por sus padres y sus tíos,
sus abuelos y sus primos,
sus cuñados, sus sobrinos,
sus esposas, sus maridos,
sus amores, sus vecinos…
Te lo pido por sus hijos,
por los que viven en mí,
los que están siempre conmigo
y adonde voy me acompañan.

No te lo pido por mí:
¡es por ellos que te pido!
que no me pases, mamita,
¡el peine fino!

LOS REGALOS

Yo no sé por qué siempre nos regalan
cosas útiles que no sirven para nada.

A una víbora que es amiga de mi gato
le trajeron cuatro pares de zapatos.

A una sirena que vive en el mar
le regalaron una soga de saltar.

Al tigre más feroz de la pradera
su abuelita le compró una ensaladera.

A un ombú le dejaron en la copa
cinco pasajes de avión para Europa.

Su tía le trajo un vestido de novia
para que se case de blanco la momia.

¿Qué esperan que haga la ostra René
con ese precioso jueguito de té?

¡Y después me piden que tome la sopa
si quiero juguetes y me traen ropa!

Cómo envidio a las ardillas
porque corren trepan saltan
se caen y se levantan.
¡Qué vida de maravilla!
y jamás se lastiman las rodillas.

Mis rodillas, como ancianos marineros
tienen mirada de experiencias tristes.
Tienen surcos, moretones y dolores
tienen viejas y nuevas cicatrices.

En sus marcas se leen los recuerdos
de manchas, escondidas y carreras.
Mis rodillas te cuentan, como un tango,
la historia de mi barrio y sus veredas.

Tanta grava, empedrado y pedregullo
se compraron las pobres en su vida

que hoy son dueñas de toda mi ciudad
y la mitad del resto de Argentina.

Cómo envidio al caracol
porque se arrastra tranquilo
con sus cuernitos al sol.
¡Qué historia de maravillas
que debe ser la vida sin rodillas!

Viajar en auto es bobo,
no es nada divertido,
y de tan aburrido
es casi parecido
a no poder dormir:
¡yo quiero haber llegado
pero no quiero ir!
No quiero contar autos
como ovejitas blancas
que saltan una cerca
que pasan, que pasamos
que van para otro lado,
no quiero ver las torres
de la electricidad
volando tan veloces
que no alcanzo a contar.
Y mi hermanito llora,
papá siempre se enoja,

mamá nos grita basta,
y siento olor a nafta
y quiero irme a mi casa.

Si miro a la distancia
parece que la ruta
está toda mojada.
Mamá dice "Qué lindo,
eso es un espejismo".
A mí me da lo mismo:
ni me parece lindo
ni me parece bello
para ver espejismos
en vez de andar en auto
prefiero ir en camello.

No toques a los perros por la calle,
a los gatos tampoco,
no toques los faroles, las paredes o los cocos,
no toques mis papeles,
no toques mi cartera,
no toques la tele, la computadora, la heladera,
la nariz, el gomero, el techo, la vajilla,
no toques las estrellas, los monos, las vainillas,
no toques la perinola, la llave, la bombilla,
no te subas a la silla,
no te subas a la mesa,
no te subas al ropero, a la ventana, a mi cabeza,
a la luna, a la escalera, al escritorio,
no te subas a la cama, al trampolín, a la cerve-
za,
ni al cohete, ni al colectivo, ni a la reja.
No comas fruta que esté verde o esté sucia,
no comas nada que cualquiera te convide,
no comas maderitas, ni pasto, ni frambuesas,

ni piedras que se atragantan,
ni arena, tierra o basura,
no comas de la fuente, de la lata, de la mesa,
y por favor no te comas las orejas.
No pises la ropa, los pasteles, el charquito,
no pises mis zapatos ni a tu hermano chiquito
no pises.

Decía mi mamá, hablándome despacio
pero yo no le hacía ningún caso.

José Federico Eduardo
ordena siempre su cuarto.
Guarda todos sus juguetes,
con gran esmero y cuidado:
jamás los deja tirados.
José Federico Eduardo,
¡qué chico tan ordenado!

José Federico Eduardo
tiene un secreto en su cuarto:
sus juguetes no saben jugar.
No corren, se divierten, ni pelean,
no saltan, no se esconden y no vuelan,
sus juguetes nunca cambian de lugar
porque son sólo plástico y madera,
aserrín, baterías y metal.

Y son muy diferentes de los míos:

mi cuarto nunca está muy ordenado
porque todos mis juguetes están vivos.

Odio
la ropa nueva.
Si la eligió mi abuela,
me queda fea.
Si la eligió mamá,
me queda mal.
Si yo mismo elegí,
me arrepentí.
Adoro mi ropa vieja:
es suave, es linda y es fiel,
es calentita y mimosa,
es como mi propia piel.
La ropa nueva
huele mal,
es odiosa,
no es normal,
la siento encima
todo el tiempo,
me pica mucho,

en todo el cuerpo,
no me la olvido,
está siempre ahí,
es un grano
en la nariz.
¡La ropa nueva
no es para mí!

Nunca más quiero estrenar
más que ropa bien gastada,
vieja, rota y remendada.
Pero eso sí:
tiene que haber sido usada
solamente por mí.

Si te quedan los pies
siempre al revés
al ponerte los zapatos,
y tu brazo no se encuentra
con la manga de tu saco.
Si la hoja se te rompe
al pasar el borratinta
y te pusiste las medias
con el talón para arriba,
y no te encajan las piezas
del tonto rompecabezas
que te regaló mamá.
Y si las torres de cubos
no quieren dejarse armar,
y sólo por ser bajito
no alcanzas el mostrador,
los grandes pasan primero
y te ignora el vendedor,

si te quieren convencer
de que ya vas a crecer,
yo no tengo solución,
sólo tengo una canción.
Y por eso te convido
a que inventes otro verso
enojado y deprimido
para cantarlo conmigo.

La pequeña Analía García,
caminando distraída, sin pensar,
pisó un chicle por Pampa y la vía
y ya nunca se pudo despegar.
Pasaron las horas y los días.
Sus padres le llevaban de comer.
Pasaron las semanas y los meses.
Analía empezaba a crecer.
Terminó la primaria en la calle.
Las maestras la ayudaban a estudiar.
Analía era linda y los muchachos
le decían piropos al pasar.
Tuvo un novio que allí la visitaba.
Se casó, pero no se despegaba.
Pasaron los meses y los años:
Analía empezaba a envejecer.
Andaría por los ochenta y pico,
cuando un nieto fue a verla con su hijo,

y el bisnieto, simpático, le dijo
después de mirarla un largo rato:
"Si querías despegarte, bisabuela,
¿por qué no te sacaste los zapatos?"

Romina Brodo
perdía todo.
Yendo a la playa
perdió la malla.
Yendo a la escuela
perdió una muela.
Una mañana
perdió a su hermana
perdió el cuaderno
y una banana.
De vuelta en casa
mamá furiosa
le dijo: "Nena,
pero qué cosa,
segunda muela,
quinta banana,
¡y cuarta hermana
que vas perdiendo

esta semana!
Pero Romina
no contestaba
porque no oía
que la retaban.
Estaba sorda
y no por vieja:
perdió en la calle
las dos orejas.

A Marcelo, hasta la edad de siete años,
no le había pasado nada extraño.
Pero un día hubo un hecho estrafalario:
Marcelito decidió ser un canario.
La mamá andaba bastante preocupada:
su hijo comía mijo y aleteaba.
Imitando a una paloma de la plaza
aprendió a revolotear a lo torcaza.
Se volvió por el aire hasta su casa
y aterrizó tranquilo en la terraza.
Se hizo amigo del loro de su tía
y conversan entre ellos todo el día.
Como ya no le gusta más su cama,
ahora duerme parado en una rama.
Los vecinos llamaron a los diarios
por el caso del niño canario.
Un gato fue a atacarlo, equivocado,
y Marcelo lo hizo en estofado.

Decía por la tele al poco rato:
¡Canario gigantesco come gato!

Por correr en un día de lluvia
Gustavo Filipelli resbaló,
cruzó mal la avenida patinando
y por poco lo pisa un camión.
Tenía tal impulso Filipelli
que de un solo terrible resbalón
llegó hasta la misma cordillera,
y en las montañas casi se estrelló.
Embocó la cordillera por un paso,
cruzó Chile con un único empujón
y en mitad del Océano Pacífico
se encontró resbalando sin control.
Venía tan rápido el muchacho
que rozaba la espuma sin hundirse.
En la isla de Pascua estuvo a punto
de voltear una estatua antes de irse.
Atravesó toda Australia, África entera
sin siquiera cambiar de dirección,

atravesó el Atlántico imparable,
se llevó de recuerdo un tiburón,
y llegó hasta la puerta de su casa
todo junto en el mismísimo envión.

La aventura de Gustavo Filipelli
me inspiró un pensamiento muy profundo.
Nunca corras en días de lluvia
si no planeaste dar la vuelta al mundo.

El famoso Alfredo Julián Altavista
fue desde niño un gran coleccionista.

Coleccionaba piedras y revistas,
joyas falsas, caretas y lunares,
arena de playas de todos los mares,
ilusiones, agujas y tapitas,
cáscaras de banana, papas fritas,
agujeros, estrellas y vainillas.
Coleccionaba objetos asombrosos
pero también boletos y estampillas.

Tanto creció su loca colección
que ya desbordaba de su habitación.
Convertida en auténtica amenaza,
terminó por invadir toda la casa.
Cuando Alfredo empezó a ser conocido
en el país y en Estados Unidos,
el municipio le prestó una plaza,
que a los pocos meses resultaba escasa.

Alfredito tenía que mudarse
de su casa casi todas las mañanas
y de la plaza una vez a la semana.
"Sólo podré mostrar mi colección"
se dijo Alfredo, con cierto dolor
"si renuncio a toda clasificación:
si renuncio a poner todos juntos
los lunares con forma de pera,
si renuncio a que estén alineadas
mis sesenta millones de tijeras,
si soporto que estén separadas
las ocho mil cuarenta enredaderas.
Sólo podré mostrar mi colección
si el mundo entero es una exposición".

Desde entonces cada pasto, cada luna,
cada grito, canción, arroyo, espuma,
cualquier cosa que tengas en la mano,
mi mamá, los juguetes de tu hermano,
el sol, las pesadillas, un gusano,
yo que estoy en mi casa escribiendo
y cualquiera que aquí me esté leyendo,
toda Europa, una pelusa y este verso
somos parte de una gran exposición:
la colección que ocupa el universo.

LA VIDA ABURRIDA
DE JOSEFA LÓPEZ

Josefa López Barroso
se casó con su esposo.
Fue sobrina de su tío,
tomaba el helado frío,
se calzaba los zapatos,
llamaba "michi" a los gatos,
cepillaba con cepillo,
cortaba con el cuchillo
y por orden del doctor
pinchaba con tenedor.

Si saltaba para arriba
se caía para abajo.
Y tenía por costumbre
trabajar en su trabajo.
Entraba por las entradas
se vestía con su ropa
y solía usar cuchara
para tomarse la sopa.

Un día comió comida,
y al salir por la salida,
se miró en el espejo,
vio su propio reflejo,
y descubrió aburrida
que no estaba conforme con su vida.

Josefa López Barroso
decidió que quería cambiar:
conocer gente nueva y diferente
entrar cada día a otro lugar,
y se vino a vivir a este verso
para poder venirte a visitar.

El budín de Heriberto Padín

Heriberto Leoncio Padín
decidió preparar un budín
de tan gran tamaño
que a lo largo de un año
cinco mil ochocientos
leones hambrientos
no pudieran dar fin
al budín de Heriberto Padín.

Heriberto quería cubrirse de gloria
con un budín que pasara a la historia.

Usó quince mil huevos grandes,
cuatro mil toneladas de harina,
y metió siete hornos gigantes
en su nueva y enorme cocina.

Heriberto quería pasar a la historia,
con un budín que quedara en la memoria.

Diez bomberos cargaban la crema
y la echaban a fuerza de manguera.
Usaba helicópteros como batidoras
y amasaba todo con aplanadoras.

Heriberto quería quedar en la memoria
y en el manual de lectura obligatoria.

Tuvo cien ayudantes muy buenos,
cocineros de gran calidad,
pero nadie podía animarse
a decir la terrible verdad.

Heriberto quería hacerse famoso
con un budín de tamaño espantoso.

Y recién cuando ya estaba listo
y emprendía ese viaje tan largo
para ir hasta el África en barco,
un amigo sincero le dijo
con dolor y con gran sentimiento:
"No te creas que a mí no me duele
Heriberto Leoncio Padín,
pero cómo seguirte mintiendo:
enfrenta la verdad, Heriberto,
los leones… no comen budín".

PAULA Y LAS LUCES

por Paloma Fabrykant

Paula Mercedes Giménez Abad
amaba las luces en la oscuridad.
De día se internaba en las cavernas
para ver cómo brillaban las linternas.
De noche, al acecho, con red de piolín
cazaba luciérnagas en su jardín.
Le encantaban las luces de colores
y tenía ciento veinte veladores.
Estuvo unos cuantos meses presa
por llevarse un semáforo a su pieza.
El problema grave empezó una noche,
persiguiendo las luces de los coches.
Paula miró al pasar una laguna
y vio reflejada la luz de la luna.
Sin pensarlo mucho se lanzó a buscarla,
y así la perdimos a la pobre Paula.

Pero algunas noches, en el agua clara,
miramos la luna y vemos su cara.

A JUAN LE GUSTABA LA FRUTA

por Paloma Fabrykant

A Juan Carlos Viruta
le encantaba la fruta.
De chico le gritaba a su mamá
cuando no le conseguía un ananá.
Se casó con su novia Viviana,
porque tenía cara de manzana
y para mostrarle cuánto la quería
la llevó esa noche a una frutería.
Era el mejor amigo de cualquiera
que lo convidara con kiwis y peras.
Una noche raptó a una princesa
con la boca como una cereza.
Y el rey lo condenó a cruel castigo:
hizo que un mago lo transforme en higo.
Ahora Juan está al borde del abismo,
ya casi no existe, se comió a sí mismo.

ÍNDICE

ANA MARÍA SHUA

Nació en Buenos Aires, Argentina. Es profesora en Letras en la Universidad de Buenos Aires. Es guionista y escritora de novelas y cuentos para adultos, algunos de los cuales han sido llevados al cine.

En 1993 obtuvo la beca Guggenheim. Sus libros se publican en Estados Unidos, en Europa y en casi todos los países donde se habla español.

Como autora de libros para niños y jóvenes ha tenido grandes éxitos. En Alfaguara Infantil tiene publicado *Cuentos con fantasmas y demonios*.

Este libro se termino de imprimir
en los talleres de Edamsa Impresiones, S.A. de C.V.,
con domicilio en Av. Hidalgo No. 111,
Col. Fraccionamiento San Nicolás Tolentino,
C.P. 09850, México, D.F.,
el mes de Agosto de 2011